MADAME ANGOT
AU MALABAR,

OU LA

NOUVELLE VEUVE,

MÉLO-TRAGI-PARADE,

EN TROIS ACTES ET EN PROSE;

A grand Spectacle, mêlée de Danses, Marches, Chœurs, Pompe funèbre, Pantomime, etc.

Représentée, pour la première fois, à Paris, sur le Théâtre de la Porte Saint-Martin, (ci-devant Opéra) le 3 Brumaire an XII.

A PARIS;

Chez FAGES, au Magasin de Pièces de Théâtre, boulevard Saint-Martin, N°. 25, vis-à-vis le Théâtre des Jeunes-Artistes.

AN XII (1803.)

PERSONNAGES.	ACTEURS.
Mad. ANGOT, supposée femme Millissard.	Moëssard.
NANON.	Mlle. Bailly.
FRANÇOIS.	Parizot.
NICOLAS.	Armand.
LE BRAMINE soi-disant.	Dugy.
CORREZZI, se disant Européen.	S. Hilaire.
L'Emissaire supposé du Gouverneur.	Langle.
L'Initié de la Pagode, supposé aussi.	Sainte-Marie.
MILLISSAR, Indien, prétendu mari d'Angot.	Hossard.

Personnages muets.

Une jeune Indienne.
Une vieille Indienne.
Plusieurs Bramines, soi-disant.
Assistans, Indiens, hommes et femmes, troupes.

La Scène se passe dans la principale ville maritime du Malabar.

MADAME ANGOT

AU MALABAR.

ACTE PREMIER.

» Le Théâtre représente le bord de la mer. On apper-
» coit, dans le lointain, la Ville ou le Temple de
» Brama. «

SCÈNE PREMIERE.

CORREZZI, FRANÇOIS, NANON, *assise, la tête
appuyée sur sa main; François est auprès d'elle et la
con-sole*, NICOLAS.

NICOLAS.

C'est donc pire que dans la Turquie ? comment, mame
Angot ne peut pas approcher de son homme parce qu'il
est malade ? et mamz'lle Nanon que v'là, ne peut pas voir
sa mère, parce qu'elle a t épousé un mari des Indes ?

CORREZZI.

Non, tant que ce mari sera en danger. Telles sont les
coûtumes de ce pays.

NICOLAS.

C'est tout-à-fait gentil pour le sexe ! Velà encore un joli
voyage !

FRANÇOIS, *à Nanon.*

Eh ! quel malheur pouvons-nous en concevoir ? Ma
chère Nanon, ma femme, rassures-toi.

CORREZZI, *à Nicolas.*

Cette aimable et jeune personne est l'épouse de cet
étranger ?

NICOLAS.

Cette jeune personne est fille de mame Angot, monsieur ; je l'ai vue venir au monde dans les bras de son
parrain. Elle est née sur le carreau de la halle.

NANON, *à François.*

Quelle est donc l'espèce d'hommes qui habite cette con-
trée ; défendre la présence d'une mère à sa fille. Sommes-
nous chez des peuples sauvages ?

FRANÇOIS.

Je suis tranquille, imite-moi ; nous sommes au Malabar, où une manœuvre imprudente nous a fait échouer, plus encore que le mauvais tems.

NICOLAS.

Taisez-vous donc, manœuvre, mauvais tems ; ce n'est pas ça, c'est l'hazard, le diable, le guignon de la destinée qu'est attaché au sort de ma pauvre bourgeoise, dans ses voyages sur mer.

NANON.

Nicolas a raison ; notre arrivée sur ces côtes n'a rien de naturel ; l'orage n'était point violent et le chef du navire est seul dans le secret.

CORREZZI.

Belle européenne : ce chef est connu, c'est un navigateur très-expert, et votre naufrage n'est point causé par son imprudence.

FRANÇOIS, *à Correzzi.*

En de pareils dangers les femmes se créent tant de chimères ! (*à Nanon.*) Allons, mon amie, un peu plus de courage.

NICOLAS, *à Correzzi.*

Non, monsieur, ce n'est pas encore son mari légitime tout-à-fait ; c'est monsieur françois, de la rue aux Fers, son prétendu. Ils allaient s'épouser à Marseille ; crac, nous velà cernés dans la rade, pris, saisis, amenés chez le grand turc. Il n'y a pas d'histoire plus terrible que ça : vous la saurez de la propre bouche de not' maîtresse. Il y a ben des romans dans les rues de Paris ; eh ben ! celui de mame Angot, dans les rues de la turquie, rase tout ça dans les pays étrangers.

FRANÇOIS, *allant à Correzzi.*

Est-il vrai, monsieur, que cette française ne pourra revoir sa mère qu'avec la permission du gouverneur. Les marques d'intérêt que vous nous avez données comme européen, à notre apparition, sur ces bords, me font hazarder cette demande, et vous assurent notre reconnaissance.

NANON, *se levant.*

Ah ! nous la lui devons toute entière ; c'est le seul homme bienfaisant que nous ayons rencontré sur ce rivage.

CORREZZI.

Aimable étrangère, je n'ai rempli que mes devoirs. Je suis européen comme vous : éloignés de notre patrie, ces égards nous sont mutuels. Les comptoirs d'Affrique, de l'Inde, de Cantou me sont aussi familiers que ceux de Madrid, de Lisbonne et de Paris même. Celui qui prétend au bonheur de vous nommer son épouse, me paraît inquiet sur l'éloignement forcé d'une mère. Je lui apprends à regret que tout cela dépend de l'usage.

NICOLAS.

Eh ben ! monsieur, faites-nous faire connaissance avec lui. Ma bourgeoise est riche depuis Constantinope et surtout depuis son mariage. Il ne faut souvent qu'une protection ; on ne ménage rien pour l'avoir : tâchez de le lui faire connaître.

CORREZZI.

Comment ? tâcher ! lui faire connaître ! qui ?

NICOLAS.

F.'usage. Vous dites que tout dépend de lui.

NANON, à Nicolas.

Imbécille ! (à Correzzi qui rit.) Monsieur, ne prenez pas garde à ses discours. Son seul mérite est dans son attachement pour ma famille.

FRANÇOIS.

C'est le domestique de madame Angot.

NICOLAS.

Il est bon là, monsieur François : qui est-ce qui ne sait pas ça ? Je la sers de père en fils : elle n'en a jamais eu d'autre que Nicolas. C'est moi qui portais le poisson dans la rue du Puits-qui-parle, moi, qui l'ai accompagnée au sérail, puisque j'y devais être eunuque en chef, si j'avais voulu ; placé superbe pour l'honneur et que j'ai été assez bonace de refuser, à cause d'une bétise. Sans not' maitresse, j'étais en grade au moins un bon mois et demi, et dans des postes comme ça, on se refait dans quinze jours ; et puis, il faut tout dire, j'aurais accepté l'emploi qu'autant que mame Angot serait restée sultane en pied dans le pays.

FRANÇOIS,

De mieux en mieux.

CORREZZI.

Mais pourquoi appelle-t-il toujours sa maitresse madame Angot, puisqu'elle a épousé avant son départ de Constantinople, ce négociant indien, dont le nauffrage sur ces côtes met aujourd'hui les jours en danger.

NICOLAS.

Oh ! je l'ai toujours appelée mame Angot dans cette malheureuse traversée. Est-ce que je pourrai jamais m'habituer à lui dire mame Millaco.

FRANÇOIS.

Millissard.

NICOLAS.

Eh ben, Millissar, Millisso, c'est-y des noms à retenir : aller reprendre un homme à son âge, un marchand indien, se marier à Constantinope avec lui, un homme qui court tous les pays du monde.

CORREZZI.

Et qui est né dans celui ci, mais elle sera bientôt veuve; le pauvre diable n'en reviendra pas.

NICOLAS.

Je le sais ben. Faut-il pas être enragée, une femme qui a du bien, des présens du grand turc, parce qu'elle rencontre ce chinois qu'a de grands trésors, qui l'y fait la cour, les yeux doux et qu'est assez cocasse à la vérité, pour le visage et pour l'esprit, aller l'épouser tout de suite comme une jeunesse de vingt-un ans, au lieu de s'en retourner chez nous, à ste halle, où est qu'on l'attend.

CORREZZI.

Il dit la vérité.

NANON.

Oh! sur ce point, on ne saurait le contredire : nos représentations n'ont servi à rien.

NICOLAS.

Y a-t-il du bon sens ? une française des pilliers épouser un mari d'Inde !

FRANÇOIS.

Ce n'est pas que ce négociant ne soit très-recommandable et très-digne....

NICOLAS.

Enfin, le pauvre cher homme va faire le grand voyage, dites-vous ? Elle sera bientôt veuve heureusement.

CORREZZI.

Dites plutôt pour son malheur.

NANON.

Qu'a-t-elle à craindre ? la perte de sa dot, ses biens, notre fortune ?

CORREZZI.

Vous ne connaissez pas les coutumes du Malabar.

FRANÇOIS.

Eh! que peuvent-elles avoir de fâcheux pour des étrangers probes qui y débarquent ?

NANON.

Expliquez-vous. Qu'ai-je à redouter pour une mère?

CORREZZI.

Rien, si son nouvel époux, si Millissar vit : tout, s'il expire.

NANON.

Vous me faites mourir de frayeur.

FRANÇOIS.

Eclaircissez....

CORREZZI.

Ne vous alarmez pas ; le mari n'est pas mort.

NICOLAS.

Qu'est-ce qu'il chante encore celui-là ? comment partout des histoires d'enfer.

NANON.

De grace, monsieur...

CORREZZI.

Rasurez-vous, jeune française, je vous suis dévoué.

NANON.

Je respire !

CORREZZI.

J'apperçois un émissaire du gouverneur.

Air : *Du moment qu'on aime.*

» Nanon et François le supplient de s'intéresser à leur sort
» et de protéger leur mère. Correzzi répond affectueu-
» sement à leurs prières. Nicolas maudit le voyage et
» l'hymen... Il parle en appercevant les soldats.

Tiens ! velà encore le guet comme à Constantinople, peut-être pour nous arrêter.

SCÈNE II.

LES PRÉCÉDENS, L'EMISSAIRE, *suivi de quatre soldats et de quatre femmes malabares.*

Air : *D'Ernélinde, ne m'abandonnez pas, mon père.*

» Les suivans, hommes et femmes, font des salutations
» aux étrangers. «

NICOLAS, *stupéfait, dit* :

Encore des salamecs ; mauvais signe.
» Nanon s'approche de Correzzi et redouble ses suppli-
» cations. Nicolas donne les signes de la peur la plus
» marquée. L'émissaire parle à Correzzi sur les étran-
» gers. Correzzi en fait part à François et à Nanon qui
» s'adressent à l'émissaire. »

L'ÉMISSAIRE.

Oui, mes enfans, c'est de la part du gouverneur. Il veut que les jeux et les fêtes vous environnent, tant que que vous resterez dans nos climats.

NICOLAS.

Nous aimerions mieux en partir tout de suite.

NANON.

Serai-je encore long-tems privée de la présence d'une mère ?

L'ÉMISSAIRE.

C'est de quoi je viens d'instruire Correzzi. Il sait l'instant prescrit par nos loix, et se charge de vous accompagner. Correzzi, combien d'étrangers ?

CORREZZI.

Vous le voyez.

NICOLAS.

Et pardienne, quatre. Vous en voyez trois, et puis
ma bourgeoise que vous retenez. Est-ce qu'on va nous
mettre encore à l'encan?

L'EMISSAIRE, à Nanon.

Votre mère? l'épouse de Millissar mourant.

NICOLAS, à part.

Millissard! queu chien de nom! que n'a-t-elle toujours
gardé celui de madame Angot. Mais l'histoire de l'élé-
vation, des grandeurs....

FRANÇOIS.

N'espère-t-on plus rien, de l'époux?

L'EMISSAIRE.

Tous les secours de l'art lui sont administrés. On forme
des vœux dans le temple, pour la conservation de ses
jours.

NICOLAS.

Tiens, dans le temple! Avez-vous aussi la rue Philip-
peaux et le marché S.-Martin, dans votre pays?

FRANÇOIS.

Eh! tais-toi donc, bavard.

L'EMISSAIRE.

Depuis combien de soleils celle qui vous a donné le
jour, est-elle unie à Millissard par l'hymen?

NANON.

Depuis trois mois, époque de notre départ de constantinople.

L'EMISSAIRE.

Vous débarquâtes sur ces rives?

FRANÇOIS.

Voici le neuvième jour.

NICOLAS.

Il n'y en a que huit; c'est venderdi passé que nous avons
échouet au port.

L'EMISSAIRE.

Brama vous a sauvés du nauffrage?

NICOLAS.

Quand nous avons déguerpi du vaisseau, pour nous jetter dans la chaloupe, je ne sais pas si le petit courtaut
qui la conduisait s'appelle Brama, mais il ramait furieu-
sement pour nous mettre à bord. Monsieur Millissard, qu'a
voulu nager, s'est donné un fier coup sur l'œil gauche,
en voulant grimper le rocher.

CORREZZI.

Il en sera la triste victime!

NANON.

Que peut-il en résulter pour ma mère?

L'EMISSAIRE.

La gloire, l'immortalité.

NICOLAS.

Et cet autre, qui disait que tout serait perdu, s'il mourrait.

NANON.

Me donnez-vous l'espoir de la revoir bientôt ?

CORREZZI.

Lorsque vous serez purifiés, comme la coutume l'ordonne. Tel est l'ordre précis du ministre du gouverneur.

NICOLAS.

Purifiez nous donc vite ; et partons.

L'EMISSAIRE.

Oui, mes enfans, je vais hâter cette entrevue que vous désirez. Offrons nos prières à Brama.

NICOLAS.

A Brama...

» L'émissaire va au fond du théâtre, donne ses ordres à
» sa suite. «

NICOLAS.

Que diable qu'ils vont donc faire encore ?

Air religieux.

» L'émissaire va aux quatre femmes malabares et aux sol-
» dats qui, à son signal, remettent des feuilles de pal-
» miers dans des corbeilles, aux quatre femmes ; elles
» en jettent à la figure des étrangers, avec divers si-
» magrées. «

NICOLAS.

Laissez donc, laissez donc. (*femmes et hommes en salutations, cérémonies, etc.*) Finissez donc, je vous dis; queu manière que c'est donc ça !

FRANÇOIS.

Il faut se conformer aux loix.

L'EMISSAIRE.

Dociles étrangers, il ne vous reste plus qu'à vous plonger trois fois dans les eaux du fleuve, pour approcher de votre mère.

NICOLAS.

Nous plonger !

FRANÇOIS, *à Nicolas.*

Te tairas-tu ? (*à l'émissaire.*) il n'est rien que nous n'exécutions avec respect pour vos usages.

CORREZZI.

C'est à ce prix que vous allez revoir votre mère.

L'EMISSAIRE, *aux femmes.*

Femmes malabares, conduisez cette européenne au golphe de Mahé. Ses vêtemens, sa tente sont préparés (*aux hommes.*) Vous, guidez ces deux étrangers sur les bords du Gange.

B

NICOLAS.

Oh! moi, je n'entends pas ça; je ne me baigne pas par
le tems qu'il fait. Je garderai ses habits, s'il veut, velà
tout.

FRANÇOIS.

Viens donc, Nicolas, viens.

NICOLAS.

Taisez-vous donc; je n'ai pas encore déjeûné.

L'EMISSAIRE, à François.

Jeune homme, vous êtes digne de l'hospitalité qu'on
vous offre, et des honneurs qui vous attendent. Allez.

» L'émissaire fait signe à sa suite de les conduire. Les
» femmes amennent Nanon, en l'entourant de bran-
» ches de palmiers; les hommes conduisent François
» avec honneur; Nicolas seul, est recalcitrant : on l'en-
» traine. «

SCENE III.

L'EMISSAIRE, CORREZZI, riant aux éclats, deux
gardes seuls, restés au fond du théâtre.

CORREZZI, dansant de joie.

LA victoire est à nous. L'illustre Angot, femme Millissar,
sa fille, son gendre, son domestique, tout va servir à nos
amusemens. Ils croyent tout; ils sont persuadés que le
mariage est vrai, que Millissar est dangéreusement blessé
et qu'il est à sa dernière heure.

L'EMISSAIRE, éclatant de rire.

Quand on annoncera la mort supposée, de ce prétendu
mari; quand sa veuve, madame Angot, apprendra les
coutumes du Malabar, quand elle saura qu'il faut qu'elle
se dévoue au bûcher...

CORREZZI, follement.

Je vois le spectacle d'avance. Je crois que si elle a ré-
joui Constantinople, par sa conspiration avec pacha
Oglou, elle divertira le Malabar à l'approche du sacrifice.
Nous sommes dans les jours d'allégresse publique, dans
les bacchanales du Malabar. Le carnaval de Venise, à coup
sûr, sera moins joyeux que le nôtre. Je crois la voir s'a-
vancer au bûcher, ou plutôt écarter les gardes, crier, ful-
miner contre vos coutumes.

L'EMISSAIRE.

Mais, qui donc a conçu le projet de nous amener cette
femme ?

CORREZZI.

Millissar lui-même, notre mari supposé, notre faux malade, et bien-tôt notre mort vivant. Témoin à Constan-

tinople, des folies de madame Angot, il en a voulu faire
jouir ces contrées, sous le prétexte de cet hymen. Il l'a
courtisée, éblouie, entraînée, et la voilà ici pour les me-
nus plaisirs du gouverneur dont Millissard est le bouffon.

L'ÉMISSAIRE.

Je le sais. C'est le plus joyeux négociant de l'Inde. Il
court tous les comptoirs de l'Europe et donne la comédie
au Malabar, à son retour.

CORREZZI.

C'est que tout nous sert dans ces circonstances. Le gouverneur doit assister incognito, aux mistifications de l'ex-
sultane. Nous sommes dans les jours de nos mascarades
et des bramines supposés, vont inviter la veuve aux honneurs du bûcher. Voyez-vous d'ici le tableau. Tous nos
amis sont réunis et s'entendent; tenez, tenez, les voici;
écoutez; la marche arrive: oui, voici la fameuse Angot,
se croyant femme Millissard.

SCÈNE IV.

MAD. ANGOT, deux faux Bramines, CORREZZI,
L'émissaire, Malabares, filles et garçons.

» Les filles portent des guirlandes, des présens, et les
» deux bramines le livre de la loi, les garçons, des
» instrumens, l'un d'eux, un grand cyprès. Marche,
» honneurs rendus à madame Angot, qui s'impatiente
» de tout cela. «

Mad. ANGOT.

EH ben! oui, mes bons amis, je suis contente de vot'
accueil. Velà assez de bouquets. Je vous en prie, je suis
rendue. (On veut encore la saluer, l'honorer.)

Assez, assez, en velà assez pour le quart d'heure. Ça
m'ahurit; c'est vesquant. (Elle apperçoit Correzzi et
court à lui.) Ah! pauvre Correzzi, te velà. (aux bramines.) Pardonnez, messieurs malabars, c'est lui qui m'a
fait rafraîchir le premier, en sortant du coche d'eau.

CORREZZI.

Je suis toujours à vos ordres.

Mad. ANGOT.

Eh ben, fais les finir, je t'en supplie. Ils ne font que
danser autour de moi depuis à ce matin. Tiens, tu les vois;
je n'y vois plus, la tête me tourne. C'est pis que les mu-
ricots de turquie.

LE BRAMINE.

Habitans du Malabar, vierges de l'Indostan, jeunes
marates, parez ce noble front d'une couronne.

Mad. **A n g o t.**

Merci, mon fils, j'en veux pas; je crains les odeurs.

L e **B r a m i n e.**

Et répétez lui toujours....

Mad. **A n g o t.**

Non, ne répétez rien; en velà assez de dit: c'est bon pour une fois.

C o r r e z z i, *à l'oreille.*

Prenez garde, c'est un bramine qui ordonne.

Mad. **A n g o t.**

Quand ce serait lucifer, j'y tiens plus. Toujours chanter, sauter devant moi : ils me donnent des bouquets et pas un morceau à manger. Je n'ai pas avalé une bouchée depuis toi. Ils me trimballent depuis le jour, dans l'espérance de voir mon pauvre homme qui se meurt. J'ai fait tout ce qu'ils ont voulu, sans pouvoir y dire une parole de consolation. Ils m'ont fait prendre un bain de cinq heures, pour me putrifier, à ce qu'ils disent, afin que Millissar revienne et que je puisse revoir Nanon. Eh ben! tout ça ne finit pas. D'abord j'y vas dire son fait ou je m'adresse au département.

C o r r e z z i.

Illustre Millissard, de la circonspection, je vous en prie.

L e **B r a m i n e.**

Les eaux du Gange vont-elles laver les souillures des étrangers ?

Mad. **A n g o t.**

Les souillures?...

C o r r e z z i, *à madame Angot.*

Paix. (*au Bramine.*) Oui, seigneur, on va dans ce moment les plonger dans le fleuve.

Mad. **A n g o t.**

On va plonger Nanon, François et Nicolas dans le fleuve?

C o r r e z z i.

Cette cérémonie est indispensable.

Mad. **A n g o t.**

Comment donc? quça cérémonie! y a-t-il du bon sens dans cette saison, par les froids. Je n'entends pas ça. Les bains chauds comme moi, à la bonne heure.

L e **B r a m i n e.**

Noble femme du Malabar! car votre mariage avec Millissar, vous donne ce titre et le droit de cité, conformez-vous à nos mœurs et à notre culte; Il faut que vous suiviez vous-même, l'exemple de vos enfans, et qu'avant le déclin du jour, l'onde salutaire du Gange vous ait reçu trois fois dans son sein.

Mad. ANGOT.

Monsieur Bramine, écoutez-moi ; vous voyez que je ne vas à l'encontre de rien, puisque vous êtes le maître d'ici, vous entendez la raison ; et je ne démarrerai pas de la chose que je vais vous dire. J'ai tout fait ; je ferai tout. Mais, pour aller prendre trois bains en pleine rivière, dans le mois de janvier, bernic ; n'y comptez pas ; ça ne sera pas, ça ne peut pas être.

CORREZZI.

Quelle réponse : y pensez-vous. Quand le bonheur de vos enfans, le salut du malade, peut-être vous commandent expressément de vous plonger un instant dans ces eaux.

Mad. ANGOT.

Plonge tois y toi-même si tu veux ; va t'y nayer. Je n'expose pas mon corps pour ta loi. Pour qui me prenez-vous ici ? apprenez qu'à Paris et partout, j'ai toujours eu trois livres dans ma poche, pour poitevin. Ce n'est pas une femme de mon renom, qui va se baigner en plein air. Je ne vas pas dans les bateaux.

LE BRAMINE.

La présence de Millissard et de vos enfans vous sera donc long-tems interdite ?

Mad. ANGOT, *pleurant.*

Ah ! mon dieu ! mon dieu ! mais que ça fait-il donc pour voir mes enfans ?

CORREZZI.

On vous l'a répété cent fois : l' age...

Mad. ANGOT.

Que le diable l'étouffe.

LE BRAMINE.

Vous avez peur d'une chimère, c'est un simple appareil réligieux, un instant suffit, quand l'onde vous a touché trois fois....

Mad. ANGOT.

Après, tout est fini. On ne fait que toucher ? il ne faut que ça ?

CORREZZI.

Voilà tout.

Mad. ANGOT.

J'y suis résoute ; allons, quittez m'en tout de suite.

CORREZZI.

Vous allez donc remplir les volontés de Brama ?

Mad. ANGOT.

Brama, est-ce qu'il est ici ?

CORREZZI.

Comment ? s'il est ici ?

Mad. ANGOT.

N'est-il pas le frère de l'épicier du coin de la rue des Marmousets ?

CORREZZI.

C'est le protecteur de l'Inde.

Mad. ANGOT.

Il y a plus d'un martin à la foire. On peut se tromper. C'est égal, je vas faire tout ce que vous voulez pour le Brama d'ici.

LE BRAMINE.

La femme Millissard se conforme à nos loix. Malabares, vous chanterez l'hymne de gloire.

Mad. ANGOT.

Comment ? ils vont encore chanter ? A quelle heure qu'on dîne donc ici ?

LE BRAMINE.

Que ses enfans arrivent auprès d'elle en sortant du fleuve.

↬ Les trois quarts des assistans sortent pour aller cher- » cher les enfans. «

_____

SCÈNE V.

LES PRÉCÉDENS, NICOLAS.

NICOLAS, *les cheveux hérissés, l'habit en désordre et mouillé, se faisant passage à travers les assistans.*

LAISSEZ donc, laissez donc ; je veux avertir ma bourgeoise.

Mad. ANGOT.

Ah ! c'est Nicolas ; me voici.

NICOLAS.

Ecoutez, mame Angot.

LE BRAMINE.

On n'élève point la voix en ma présence.

Mad. ANGOT.

Tu me conteras ça tout-à-l'heure : ne dis rien. C'est monsieur Bramine, il est parent du gouverneur. (*Elle le prend par le bras.*) Ranges-toi par ici ; mais quesque c'est donc ? t'est tout poissé.

LE BRAMINE.

As-tu été purifié ?

NICOLAS.

C'est précisément ce que je venais conter à mame Angot.

LE BRAMINE.

Dites à Millissard.

Mad. A N G O T.

Oui, appelles-moi Millissard. Peut-être que sans ça, il faudrait renoncer à la succession, si le pauvre cher homme vient à mourir.

N I C O L A S,

Eh ben ! je venais dire à mame Millissard , qu'on se moque, dans ce pays-ci de la vie du monde comme de rien du tout. En vela un qui voulait me faire déshabiller ; parce que j'y ai tenu tête, *mordicus.* Velà un autre argousin qui m'a flanqué dans l'eau. Mais j'ai gagné le bord et je les ai fait courir jusqu'ici, ouse qu'heureusement je vous trouve.

Mad. A N G O T.

Eh ben ! mon ami, il ne fallait pas d'ostination, la loi de ce district l'ordonne.

N I C O L A S.

Monsieur François l'a fait. On a conduit mamezelle Nanon sous une tente. Moi, j'ai pas voulu...

Mad. A N G O T.

Il faut vouloir : il faut que ça se fasse. Je vais le faire moi-même. Tais-toi ; j'ai mes raisons pour ça.

N I C O L A S.

C'est donc une nation d'Arabie ?

L E B R A M I N E.

Indocile, imitez la résignation de Millissard , et pour expier votre désobéissance, vous ne prendrez de nourriture qu'à la clarté de la lune d'Armen.

N I C O L A S.

Et oues qu'on la voit cette lune ?

Mad. A N G O T.

Pas de question ; j'arrangerai ça.

L E B R A M I N E.

Allons , pieux amis , avant d'aller au bord du Gange , vos prières à Brama et vos offrandes à Millissard. Entonnez le cantique saint.

N I C O L A S.

Oui, entonnez. *Chœur.*

D E U X I N D I E N S.

Allons offrir à Brama,
Notre encens notre prière ,
C'est lui qui nous envoya
Cette céleste étrangère.

T O U S.

Jamais la rive malabare
Ne vit briller autant d'attraits.
Brama , pour nous n'est point avare ;
C'est le plus beau de ses bienfaits.

Mad. ANGOT.

Finirez-vous, destins barbares !
Ai-je assez éprouvé vos coups ?
Qu'ils sont vilains ! qu'ils sont bizarres !
O ciel ! c'est un peuple de loups.

» Le ballet s'exécute pendant le chœur. On offre les pro-
» ductions du pays. Les bramines s'inclinent et lèvent
» les bras. Madame Angot se contraint, sourit par
» force au bramine et trépigne d'impatience. «

SCÈNE VI.

LES PRÉCÉDENS, NANON, FRANÇOIS.

» Nanon dans les bras de sa mère ; François à ses côtés,
» et racontant au bramine leur soumission. Nicolas en-
» rage et se désole. On entend une cloche funèbre par
» trois fois. «

SCENE VII.

LES PRÉCÉDENS, UN INITIÉ, *vêtu de noir.*

L'INITIÉ, *les bras élevés et la tête inclinée.*

Il n'est plus ! il n'est plus !

LE BRAMINE.

Millissard n'est plus !

Mad. ANGOT.

Mon pauvre homme est mort !

LE BRAMINE.

Correzzi, qu'on me suive au temple.

Mad. ANGOT.

Dites donc, avant de vous en aller, monsieur le chef,
puisque j'ai perdu mon mari, je n'ai plus besoin d'aller
me plonger dans l'eau ?

CORREZZI.

Bien plus encore.

LE BRAMINE.

Ensuite le feu.

NICOLAS.

Après, dans le feu ?

Mad. ANGOT.

Mais tu diras donc toujours des bêtises. Tu ne vois pas
que monseigneur veut dire qu'on nous fera sécher devant le feu.

LE BRAMINE.

Veuve Millissard, voici ton plus beau jour.

NICOLAS.

Il vous croit donc sans cœur ?

Mad. ANGOT.

C'est à cause de l'héritage qu'il parle. Les biens sont
au dernier vivant.

LE BRAMINE.

Peuples, recueillez-vous et suivez vos ministres.

MARCHE : Air : *Du malheur auguste victime.*

» Grimaces, douleurs, de madame Angot. La marche se
» divise en deux. La moitié suit les bramines du côté
» du temple ; l'autre accompagne madame Angot et sa
» suite, du côté du fleuve. «

Fin du premier Acte.

ACTE II.

» Le Théâtre représente le parvis de la Pagode, ou
» temple de Brama. «

SCÈNE PREMIÈRE.

MILLISSARD, CORREZZI, L'ÉMISSAIRE.

CORREZZI, *désignant Millissard.*

VOILA donc notre mort vivant, le prétendu mari de
madame Angot.

MILLISSAR.

Quelle scène nous allons avoir !

CORREZZI.

Elle croit maintenant à ta mort comme à la validité
de ton mariage à Constantinople.

MILLISSAR.

Je n'eus pas de peine à la persuader. Je lui dis que
telles étaient les formes du pays pour contracter ce
nœud, et la célèbre orangère, toujours ambitieuse et
crédule à l'excès, se crut femme de Millissar. J'aime à
la voir avec sa suite. Oh ! le comique passe-temps que
je fournis au gouverneur. Encore madame Angot !

CORREZZI.

Il faut que ton enterrement soit aussi gai que sa pro-
motion à Constantinople.

MILLISSAR.

Conviens que les originaux d'Europe valent mieux que
les nôtres.

L'EMISSAIRE *regardant.*

Voici bientôt le cortège ; on va t'inhumer.

MILLISSAR.

Je sais mourir pour mes amis.

C

CORREZZI.

Mais au moins ne te montre pas, cache-toi.

MILISSAR.

Ne crains rien, je sais m'éclipser à propos.

L'EMISSAIRE.

J'apperçois Nanon, Nicolas, sa famille.

MILISSAR *à l'Emissaire.*

En retraite; viens, mon ami. Oh! comme je vais rire dans mon cercueil!

SCENE II.

FRANÇOIS, NANON, NICOLAS, CORREZZI.

NICOLAS.

Monsieur François, c'est la vérité.

NANON.

Tu déraisonneras donc toute ta vie.

NICOLAS.

Que voulez-vous gager, mamezelle, je le tiens des habitans du pays, c'est la coutume. Je n'ai pas une goutte de sang dans les veines.

FRANÇOIS

Tu n'es qu'un sot.

NICOLAS.

Je vas vous le prouver. Tenez, justement, velà monsieur Correzzi qui sait tout ça.

CORREZZI.

De quoi s'agit-il?

NICOLAS.

N'est-ce pas qu'il faut qué nous soyons brûlés pour hériter? d'abord mame Angot, j'en suis sûr, n'y consentira pas, ni moi nou plus, foi de Nicolas, j'aimerais mieux me laisser mettre en prison.

NANON.

Il ne sait ce qu'il dit.

NICOLAS.

N'est-ce pas que par les ordonnances de votre ville, il faut que tous les étrangers soient réduits en cendre? C'est-il vrai? C'est-il faux? Levez la main pour me rassurer.

FRANÇOIS.

Mal appris!

CORREZZI.

C'est faux.

NICOLAS.

Mais pardienne, je viens de voir commencer le bûcher devant cette grande place où es qu'il y a des arbres, et je tremblais comme la feuille.

CORREZZI.

On ne le dresse point pour vous.

NICOLAS.

Vous me rendez la respiration.

CORREZZI.

Notre veuve accompagne le défunt ?

NICOLAS.

Oui, monsieur, mame Millissard est en marche avec les bramins.

NANON.

Il nous est prescrit d'attendre le cortège devant ce temple.

NICOLAS.

Ils ont une drôle de manière d'enterrer le monde ici. Ils chantent, ils sautent, ils jouent du fifre, des timbales. On dirait qu'ils vont à la noce. Je les ai vu partir de l'endroit du mort : j'aurais ri comme un fou, sans le bûcher que j'avais dans la tête. Ah! ma foi, les voilà! tenez, écoutez, si on ne dirait pas une serenade la veille de la Saint Luc; qu'ost la fête du parrain à monsieur François.

SCÈNE III.

LES PRÉCÉDENS, MAD. ANGOT, *en violet et noir,*
couverte d'un crêpe d'or.

» Le bramine, plusieurs bramines, l'émissaire, hommes
» et femmes tenant des instrumens, des torches ardentes, des vases de parfums ; des gardes portant le
» mort vivant; son cercueil est orné de banderolles, de
» guirlandes, et l'appareil doit plutôt présenter un jour
» de fête qu'un jour de deuil. Le cercueil est déposé au
» fond du théâtre, devant la porte, où même dans l'in-
» térieur du temple. Madame Angot fait voir l'expression
» de sa douleur, déplore la perte de son époux. Nicolas
» attendri, tire son mouchoir de sa poche. »

Mad. ANGOT, *à François.*

QUE veux-tu, mon enfant ; la volonté du brama soit faite. Heureusement que je n'étais pas encore accoutumée à cet homme là, et que nous n'avions qu'aux environs de trois mois de connaissance.

» Le bramine après les cérémonies, donne ses ordres; la
» marche recommence, et le cortège part. Il fait signe
» à madame Angot de rester. Nanon voudrait ne pas
» quitter sa mère : mais l'expression du bramine la force
» à suivre le convoi avec François. »

SCENE IV.

LE BRAMINE, *il ouvre son grand livre, et lit :* MADAME ANGOT, NICOLAS.

NICOLAS, *la tirant par sa robe.*

Est-ce que vous ne venez pas au convoi, not' maitresse?

Mad. ANGOT.

Non, mon fils, bramine m'a fait signe de causer en particularités avec lui; c'est sans doute à cause des grands biens du défunt. Va, Nicolas, va t'en à la pompe.

NICOLAS.

A la pompe! est-ce que c'est comme à Constantinope, ici? on ne boira pas tant seulement une goutte de vin.

Mad. ANGOT.

Je te dis de t'en aller, raisonneur, laisse-moi donc finir les affaires de famille.

SCENE V.

MADAME ANGOT, LE BRAMINE.

LE BRAMINE, *fermant son livre.*

Veuve Angot, veuve Millisard, digne femme de l'Indostan....

MAD. ANGOT.

De l'Indostan? mon brave homme, vous vous trompez. Ce n'est pas le nom de mon pays. Je suis née à Villers-Cottrets, de Pierre Canillet, marchand de cotton pour la fabrique de porcelaine.

LE BRAMINE.

Les liens que la mort vient de briser, vous ont fait habitante de ces contrées.

MAD. ANGOT.

Pour l'héritage des biens du deffunt? oui, mon fils.

LE BRAMINE.

Il vous laisse des trésors impérissables.

MAD. ANGOT.

Oui, je sais qu'il était fort riche, le pauvre cher homme. Il était marchand en gros; va t'en faire l'éventaire des effets? faites-moi avancer la vente : il y aura quelque chose pour vous et pour l'huissier-priseur.

LE BRAMINE.

Vous ne m'entendez pas : les possessions terrestres doivent-elles vous occuper, quand l'immortalité vous attend?

MAD. ANGOT.

Qu'est que vous dites qui m'attend?

LE BRAMINE.

Les plaisirs divins, la gloire éternelle.

MAD. ANGOT.

Velà assez de plaisirs et de gloire. Je veux arranger mes affaires et partir.

LE BRAMINE.

Oh! le dernier et glorieux voyage que vous allez faire. Il laissera votre nom auguste et cher dans le Malabar, votre souvenir immortel et votre famille honorée. Vous allez avoir une habitation dans les astres.

MAD. ANGOT.

Comment qu'il dit ça? une habitation!.... merci, mon enfant; j'ai mon logement rue de la Cossonnerie; j'y ai toujours eu mes meubles: Dutailli en a soin, je trouverai tout ce qu'il faut en arrivant.

LE BRAMINE.

Eh! ne cherchez plus rien; vous allez tout posséder. Vous n'avez plus qu'une patrie : elle est au-dessus du soleil.

MAD. ANGOT.

Il est vrai que je l'ai de la première main. Je demeure au quatrième, trois pièces de plein pied ; pas de maisons devant chez nous.

LE BRAMINE.

Tu vas demeurer au triple ciel.

MAD. ANGOT. *à part.*

Tiens! tu et toi: je vois qu'il n'aime pas les façons ; tu vas parler comme il me parle.

LE BRAMINE.

Oui, Millissard, tu vas nous regarder du haut des sphères célestes.

Mad. ANGOT.

Je te regarderai toujours comme un honnête homme. Ah! çà, dis donc, pour en finir, la succession de Millissard?....

LE BRAMINE.

Veux-tu que l'Inde te place au nombre de ses héroïnes?

Mad. ANGOT.

Fais comme tu voudras.

LE BRAMINE.

Veux-tu que le temple de Brama retentisse de ton nom?

Mad. ANGOT.

Eh ben, oui, je le veux. (*à part.*) Il faut ben dire comme lui pour terminer.

LE BRAMINE.

Veux-tu par un beau dévouement?..

Mad. A N G O T.

Je veux tout. (à part.) Ce n'est plus des non qu'il faut ici comme en Turquie, c'est des oui.

LE BRAMIN E.

Il t'est donc cher et glorieux de vivre éternellement ?

Mad. A N G O T.

Comment ? de vivre ! j'ai ben du regret d'avoir perdu cet homme ; mais j'ai des enfans, une famille ; je n'irai pas mourir de chagrin pour un époux qui n'a pas eu de communications avec moi et que je connaissais à peine. Au bout du compte, fais, agis, ordonne sur cet antique comme pour toi. Finissons-en. Je ferai tout ce qu'il faudra faire.

LE BRAMINE.

Tu le promets ?

Mad. A N G O T.

Je le jure, foi de Susanne Canillet, veuve Angot, femme Millissard.

LE BRAMINE, *se retournant vers le temple.*

Brames, ministres, approchez.

SCÈNE VI.

LES PRÉCÉDENS, MINISTRES DE BRAMA.

» Les brames arrivent auprès de madame Angot ; l'un met
» un voile nouveau sur sa tête, l'autre apporte la tunique
» du sacrifice ; plusieurs se prosternent devant elle. »

Mad. ANGOT, *se détournant, prononce vivement ces mots.*

OH ! que en patience ! oh ! que en patience !
(*elle apperçoit Nicolas.*)
Nicolas ! c'est donc fini ; pourquoi que Nanon et François ne reviennent pas avec toi ?

SCÈNE VII.

LES PRÉCÉDENS, NICOLAS.

NICOLAS.

TAISEZ-vous donc ! bah ! ils en ont encore pour deux heures. Et moi qui n'aime pas les enterremens.... j'ai une faim de possédé ; je cherche par-tout cette lune d'Armen.

Mad. A N G O T.

Est-y dieu possible qu'on ne puisse avancer à rien en se prêtant à tout ce qu'on veut ?

LE BRAMINE.

Ministres de Brama : l'illustre veuve est résolue au dévouement. Les mânes du mari l'appellent. Elle a juré d'obéir et de le suivre.

Mad. A N G O T, *vivement.*

De le suivre?....

LE BRAMINE.

N'as-tu pas juré de vivre éternellement dans la mémoire des hommes?

Mad. A N G O T.

Et je le jure toujours : oui, je veux vivre pour moi, pour mes enfans, pour mon pays.

LE BRAMINE.

Brames, vous l'entendez; la veuve est résignée. J'ouvre le livre de la loi.

Mad. A N G O T.

Voyons donc ce qu'il va chanter.

LE BRAMINE, *lisant.*

Chapitre XV, article III : » La veuve du mort mêlera » sa cendre à celle de l'époux. »

Mad. A N G O T.

Relis-moi çà, relis-moi çà : » La veuve mêle la cendre ?

NICOLAS, *à part.*

C'est le bûcher; je le disais bien. O mon dieu!

LE BRAMINE.

L'article est clair et précis : toutes les fois qu'un mari meurt dans ces climats, sa glorieuse épouse le suit....

Mad. A N G O T.

C'est vous qui m'en avez empêché, je l'aurais suit.

LE BRAMINE.

Un moment. Comprenez-moi bien; elle le suit dans son tombeau, elle a l'honneur de s'immoler pour lui. Elle est consumée vivante dans un bûcher.

NICOLAS, *tremblant.*

Le velà, le coup de jarnac.

Mad. A N G O T, *avec feu.*

Après! quesqu'il en est? quesque tu veux dire?

LE BRAMINE.

Que tu ès la veuve de Millissard et que les honneurs du bûcher...

Mad. A N G O T, *plus fortement.*

Garde moi ces honneurs pour toi, je t'en prie; je me retiens depuis assez long-tems; ne me fais pas sortir des gonds.

LE BRAMINE.

Tu viens de promettre solemnellement.

Mad. A N G O T.

De me brûler! Moi! moi! tais-toi donc; marabou des Indes. (*avec un cri de terreur.*) Nicolas! fais venir François. Non, j'y vas moi-même.

LE BRAMINE.

Arrêtez.

NICOLAS.

Mame Angot, nous vela grillés. (*il s'enfuit.*)

SCENE VIII.

LES PRÉCÉDENS, excepté NICOLAS.

LE BRAMINE.

FEMME aveugle !

Mad. ANGOT, *vivement.*

Oh ! que non, j'y vois mieux que toi. Tu veux te saisir de mes biens ; mais il y a un juge de paix, dans cette isle.

LE BRAMINE.

Ne perds pas la gloire de ton sacrifice. Que la violence ne soit pas employée. (*les brames font un mouvement.*)

Mad. ANGOT, *avec force.*

Si quelqu'un m'approche, j'y arrache les yeux.

LE BRAMINE.

Faites avancer les émissaires. Qu'on entraîne la veuve.

Mad. ANGOT, *avec feu.*

Oui, fais les venir, les commissaires, c'est ce que je veux.

» Quelques brames sortent, pour exécuter l'ordre du » Bramine. Mouvement nouveau. «

Mad. ANGOT.

Queu sort ! queu barbares chinois ! où suis-je t'y précipitée ?

SCENE IX.

LES PRÉCÉDENS, LES ÉMISSAIRES, *arrivant.*

LE BRAMINE.

VOILA la veuve ; elle est rebelle. Entraînez-la loin du temple.　(*Mouvement.*)

Mad. ANGOT, *furieuse.*

Ne me touchez pas ! ne me touchez pas. Comment ? personne pour aller chez le gouverneur !

» Nouveau mouvement. Les émissaires saisissent madame » Angot qui se débat, en criant : «

François, Nanon, Nicolas.

SCÈNE X.

LES PRÉCÉDENS, NICOLAS, FRANÇOIS, *accourant,*
s'oppose à la force et la débarasse.

LE BRAMINE.

AUDACIEUX étranger !

FRANÇOIS.

Suspends les effets de ta loi. Voilà le vœu du gouverneur. (*Il lui remet un tableau.*)

Mad. ANGOT

Mon cher François. je te dois tout.

LE BRAMINE.

Le sacrifice n'est que retardé.

Mad. ANGOT.

Tu n'as obtenu qu'un sursis.

NICOLAS, *mourant d'effroi.*

C'est pour quatre heures.

LE BRAMINE.

Le gouverneur veut lui-même inviter la veuve à la gloire
du dévouement. Allons.

FRANÇOIS.

Ne craignez rien ; marchez, obéissez ; je ne vous quitte
plus. Nanon est auprès de lui.

LE BRAMINE.

En ordre, en ordre au palais.

Mad. ANGOT, *à François.*

Parles y à ce gouverneur. C'est tous ces maroquins qu'il
faut jetter au feu.

TOUS.

Marchons. (*On la conduit.*)

Air : *On va lui percer le flanc.*

Fin du second Acte.

D

ACTE III.

» Le Théâtre représente la forêt sacrée. Un bûcher est
» dressé dans une place consacrée à cet effet. Des ifs,
» des cyprès et des roches s'offrent à la vue. «

SCÈNE PREMIÈRE.

CORREZZI, L'INITIÉ, NICOLAS, *en deuil, quelques*
Indiens.

Air : (*De Castor et Pollux*) : *Pâles flambeaux, jour plus*
affreux que les ténèbres.

» Correzzi parle à Nicolas qui gesticule, se fâche, prie,
» veut fuir, est retenu. L'initié présente à Nicolas la
» torche avec laquelle il doit allumer le bûcher de sa
» maîtresse; il refuse violemment. «

NICOLAS.

C'est moi que vous chargez de cet emploi-là ; moi, son
domestique fidèle depuis la halle, je mettrai le feu au bûcher pour incendier ste femme.

CORREZZI.

C'est parce que vous l'avez toujours dignement servie
que vous devez participer en quelque chose à la gloire de
son trépas.

NICOLAS.

Faites faire ça à un autre, je vous en prie; je n'aurai
jamais ce cœur là.

CORREZZI.

Comment! la veuve est résignée, elle a cédé aux sages
invitations du gouverneur et du Bramine.

NICOLAS.

Parce qu'ils l'ont ensorcelée : j'y étais présent moi-
même en personne. Ils y ont conté que cette mort là
n'était rien, qu'on renaissait de sa cendre, qu'al vivrait
une éternité, qu'al aurait un hôtel dans les planettes;
enfin, cent mille menteries. Mais al est si bonace qu'al a
tout cru, et qu'on la fera griller à petit feu, si on veut.

L'INITIÉ.

Obéis, ou ta perte est certaine.

(*On lui remet la torche qu'il reçoit.*)

CORREZZI, *aux Indiens.*

C'est à vous, membres épurés de la caste d'Hiderssa,
qu'est réservé l'honneur de placer le corps du défunt sur
le bûcher, où ses cendres se mêleront aux cendres de son

épouse. Qu'il soit transporté de la Pagode en ces lieux.
Allez. *(Ils sortent.)*
» Il fait signe à Nicolas de les accompagner. Nicolas in-
» siste, pour être déchargé du fatal emploi. Il n'ob-
» tient rien, et sort avec les autres. «

SCÈNE II.

CORREZZI, L'INITIÉ. MILLISSARD, *sortant du creux d'un rocher.*

L'INITIÉ.

LE spectacle va commencer.

CORREZZI.

Sors, Millissard, tu peux paraître.

MILLISSARD, *sortant du rocher.*

Est-il tems?

CORREZZI.

Nous sommes seuls. Fort bien, fort bien. C'est à l'aide de ce manteau, que sans être apperçu de nos comiques étrangers, tu peux te glisser adroitement dans ton pré-tendu cercueil. Il est fabriqué de manière à t'y recevoir sans obstacle.

MILLISSARD.

Ne sois pas en peine, laisse-moi faire, j'y entrerai et je ressusciterai à propos.

CORREZZI.

Enveloppes-toi : les voici.

MILLISSARD, *se couvrant.*

Ne crains rien. Je vais me placer d'abord derrière ces roches.

SÈNE III.

LES PRÉCÉDENS, NICOLAS, LES INDIENS.

Air : *Rien ne plaît tant aux yeux des belles.*

» On dépose le coffre sur un coin du bûcher, l'autre est
» pour madame Angot. On ne le transporte pas en vue
» du public comme la première fois. Il ne doit être
» apperçu que lorsqu'il est placé. «

NICOLAS, *à l'initié.*

VOus n'allez plus brûler que le mort, n'est-ce pas ?

L'INITIÉ

Silence. Allons avertir le grand bramine que tout est prêt et que la veuve va paraître.

NICOLAS.

Oh! queu nation d'Iroquois c'est donc ça : brûler les vivans et les morts. Je suis sûr que nous serons mangés, moi et monsieur François. Il n'y a que mam'zelle Nanon qui ne sera pour rien, heureusement, dans tout ça, à cause de madame la gouverneuse qui l'aime.

(*Pendant ce monologue, on voit Millissard se placer dans le coffre.*)

CORREZZI, *aux assistans, auxquels il a fait ses confidences, pendant l'aparté de Nicolas.*

Oui, voilà les dispositions. Dispersez-vous ; cernez cette enceinte, gardez les passages. (*à Nicolas.*) Et vous, ne quittez pas le mort.

NICOLAS.

Pauvre Nicolas, c'est fini, tu n'as plus un quart d'heure à vivre.

» Les assistans sortent par divers coulisses, les chefs vont
» chercher la veuve, air de ce moment de pantomime.
» *Pauvre Jacques.* «

SCENE IV.

NICOLAS, MILLISSARD, *dans le coffre.*

Air : *Au clair de la lune.*

» Nicolas donne les signes de la peur et de la désolation.
» Il est abimé dans ses craintes, quand il apperçoit à
» travers les arbres où est placé le bûcher, une demi
» lune, très-brillante et vacillante. «

NICOLAS.

Qu'est-ce que c'est donc encore que ça ? Qu'esque je vois de reluisant ? Une lune à l'heure qu'il est, et une lune qui danse ! ah ! nous sommes chez les sorciers. C'est peut-être la lune d'Armen, dont ils m'ont parlé pour la nourriture.

» Ici, musique bruyante et terrible. Air : *Le malheur me*
» *rend intrépide.* Sursaut, égarement de Nicolas.

SCENE V.

LES PRÉCÉDENS, UNE JEUNE INDIENNE, *magnifique-ment vêtue.*

Air : *Nous vous nourrirons.*

» La jeune indienne lui présente un joli panier plein de
» fruits, de biscuits, vases de boisson. Cet aspect ras-
» sure Nicolas. Il hésite à prendre le présent. Elle in-
» siste avec grace et lui fait signe de se raffraichir. Ni-

» colas qui a faim, reçoit, remercie et se met en train
» de satisfaire son appétit. L'indienne sort, Nicolas veut
» la suivre, elle lui ordonne de rester et de manger
» tranquillement. «

S C E N E   V I.

NICOLAS, MILLISSARD, *dans le coffre.*

NICOLAS, *étonné et regardant le ciel du côté du bûcher.*

AH ça! suis-je t'y endormi? c'est-y possible, tout ce
que je vois? Tiens, à présent, la lune qui s'envole... C'est
égal, cette agriable petite perssonne m'a dit que les jolis
garçons n'avaient rien à craindre dans ce pays. Je vas
toujours manger un morceau. Elle m'a recommandé de me
soutenir. O! les beaux fruits! (*Il s'assied et mange. Il*
parle la bouche pleine.) J'en pouvais plus de fatigue, de
peur et de faim. Ma foi, buvons un coup, je m'étrangle.
(*Il boit.*)

MILLISSARD, *se levant dans le fond.*
Ma station devient longue. Délassons-nous en, voyant
le tableau.

NICOLAS, *posant la bouteille et regardant.*
Heim... J'ai cru qu'elle revenait. (*Il se remet à man-*
ger.) Sans ce diable de mariage avec ce maudit Millissard, ma bourgeoise mangerait aussi.

MILLISSARD.
Celui-là ne me regrette guère.

NICOLAS, *regardant.*
Mais, mon dieu, on parle!... Personne... c'est l'histoire
du saisissement; j'ai comme un tintin dans l'oreille: voyons.
Il faut mouiller ça. (*il reprend la bouteille et boit à même*)
Il est fort, mais c'est du chenu. Un broc ne me ferait pas
peur. C'est tout-à-fait gentil, au moins, de la part de
cette jeunesse d'Inde. Elle est fraîche comme un prin-
tems. Eh ben! les loups-garoux du pays font des bûchers
pour ça. C'est y fait pour être brûlé. N'y pensons pas.
Tiens! encore une bouteille. (*Il reprend la bouteille.*)
(*Il pose la bouteille et donne quelques signes d'altération.*)

MILLISSARD.
Il ne va pas mal, le coquin; il boit à ma santé.

NICOLAS, *effrayé, se levant et chancelant.*
A ma santé... Oh! pour cette foi-ci, ce n'est pas une
imagination. J'ai entendu distinctivement une voix et une
voix de connaissance. Voyons, que je voye à voir ça.
J'ai pu peur. La boisson rend un jeune homme ben pus
hardi. Qui va là?

MILLISSARD, *d'une voix forte, se montrant sur le bûcher.*
Millissard.

NICOLAS.

Au secours : je suis mort, (*il tombe à plat ventre.*)

MILLISSARD.

Tu t'enivres près des tombeaux.

NICOLAS, *levant la tête.*

Mon dieu ! mon dieu ! c'est lui : décampons.

(*Il tâche de se relever.*)　　*Air bruyant.*

» Il se traîne, il chancelle, il va à toutes les issues, il
» est repoussé par des feux. «

SCÈNE VII.

FRANÇOIS, NICOLAS.

FRANÇOIS, *en désordre, les cheveux hérissés.*

Non, non, j'attends ici : je périrai plutôt.

NICOLAS.

Ah ! monsieur François vous velà.

FRANÇOIS.

Oui, oui, me voilà, pour tuer un de ses monstres et
périr.　　NICOLAS.

Vous ne savez pas une chose ? Le mort n'est pas mort.
Il m'a parlé dans son tombeau : il est là.

FRANÇOIS.

Tais-toi donc, animal. Qu'ils arrivent, mon parti est pris.

NICOLAS.

Je vous dis, monsieur François, qu'il m'a dit à ma santé.

FRANÇOIS, *regardant la torche.*

Dans quel état ? Que tiens-tu là.

NICOLAS.

Ça ? c'est pour brûler not' bourgoise ; c'est moi qui suis
chargé de ça.

FRANÇOIS.

Je ne te regardais que comme un imbécille : à présent
tu m'es odieux. (*Il lui arrache la torche et l'en menace.*)
Que je ne te voye plus. ou sinon...

NICOLAS.

Allons, à présent, tout le monde est contre moi.

FRANÇOIS.

Ta bienfaitrice, malheureux !

NICOLAS.

Mais puisque le grand-prêtre m'a choisi.

FRANÇOIS, *le poussant et le faisant chanceler près de la*
bouteille qu'il ressaisit.

Eh ! que le grand diable t'entraîne, eux, toi, leurs coutumes et leurs pays.

NICOLAS, *après avoir bu pendant que François s'appuyait*
sur un rocher.

C'aurait été dommage de le laisser perdre : c'est un joli
vin. (*On entend de joyeux accords.*) Tenez, encore une
aubade, écoutez, velà la finition, c'est la dernière, c'est
là le coup de mame Angot; les velà qui viennent.

FRANÇOIS, *s'évadant.*

Je vais tout entendre, tout voir; je suis dans ces rochers :
je ne mourrai pas sans vengeance. Si tu dis un seul mot.

(*Il sort.*)

NICOLAS, *lui criant.*

Mon cierge, monsieur François, rendez-moi la torche...
quand ils vont ne plus me la voir.... c'est qu'ils sont capa-
bles de me brûler aussi.

SCENE VIII.

MAD. ANGOT, CORREZZI, L'ÉMISSAIRE, L'INITIÉ,
NICOLAS, LE BRAMINE, *plusieurs bramines, indiens,*
soldats.

» Cette comi-tragique cérémonie doit-être la plus mar-
» quante et la mieux soignée. La veuve est conduite au
» son des instrumens. On porte des brasiers qui jettent
» des flâmes. Madame Angot termine la marche : elle est
» suivie seulement par trois initiés qui l'invitent au
» courage et veulent la soutenir. Après l'air *de Roméo*
» *et Juliette* qui a commencé avec cette pantomine, se
» joue celui du déserteur : *Mourir n'est rien.* Et qui est
» un moment interrompu. »

Mad. ANGOT, *en tunique de taffetas blanc, ceinture verte,*
couronne de roses, à ceux qui la pressent.

A BAS les mains, engeance du diable. Je saurai bien
marcher sans vous !

LE BRAMINE, *à haute voix.*

Tous les égards, tous les respects à la veuve.

CORREZZI.

Admirez son noble courage !

NICOLAS.

Ma pauvre maitresse !

Mad. ANGOT.

Ne t'aflige pas, mon ami, on m'a t'assuré qu'on mourait
sans perdre la vie.

AIR : *Mourir n'est rien, etc.*

NICOLAS, *pendant cet air, supplie.*

LE BRAMINE.

Voici l'instant du triomphe, incomparable Millissard.

Marates, préparez les feux. (à *Nicolas.*) Etranger, que ta main allume le bûcher.

Mad. A N G O T.

On va allumer le bûcher !...

LE B R A M I N E.

Et comment le sacrifice s'acheverait-il ?

Mad. A N G O T.

Et il faut que je m'y jette après,

C O R R E Z Z I.

Sans cela où serait le dévouement.

Mad. A N G O T.

Et comment Bramine veut-il que je rescussite après ça ?

C O R R E Z Z I.

Ne reculez donc pas, vous êtes en si beau chemin !

Mad. A N G O T.

Oui, il est frais !

AIR : *Où peut-on être mieux ? etc.*

LE B R A M I N E.

Brama récompense ses élus : vous allez revivre à jamais.

Mad. A N G O T.

C'est donc sûr ?

LE B R A M I N E.

C'est l'éternelle vérité. Faites vos adieux à la terre.

Mad. A N G O T.

Adieu, mon pauvre Nicolas !

N I C O L A S.

Bonsoir, not' maitresse !

Mad. A N G O T.

Dis à Nanon et à François, que c'est pour le bien, que je ne tarderai pas à les voir.

L' E M I S S A I R E.

L'heure de l'offrande s'écoule : héroïne viens au bûcher.

Mad. ANGOT, *se tournant et marchant vers le bûcher effrayée.*

Comment ? six voies de bois ! queu spectacle sanglant ! eh ! comment revenir de là ?

T O U S.

Marchons !

Mad. A N G O T, *à l'Initié qui l'entraîne.*

Veux-tu me lâcher, sapajou ?

(*On allume les torches.*)

LE B R A M I N E.

Serviteur de la veuve, obéis; porte la flamme au bois sacré !

N I C O L A S, *criant.*

Je ne mets le feu nulle part.

LE B R A M I N E.

Où est ton flambeau ?

SCÈNE IX.

LES PRÉCÉDENS, FRANÇOIS, *un bâton d'une main et la torche de l'autre.*

FRANÇOIS, *égaré.*

LE voilà ! mais pour incendier vos maisons, vos repaires et vous.

LE BRAMINE, *aux gardes qui saisissent François.*

Qu'on enchaîne ce criminel !

Mad. ANGOT, *d'une voix terrible.*

Un moment ! un moment ! ah ! François pas de batterie ! (*au Bramine.*) Vous m'avez dit que j'avais tout pouvoir ici avant que je sois brûlée.

CORREZZI.

Oui, mais exécutez la loi.

Mad. ANGOT.

Respectez François.

FRANÇOIS.

O les tigres !

Mad. ANGOT.

Laissez-moi seulement lui parler quatre ou cinq paroles, je vous en prie.

LE BRAMINE.

On ne peut vous le refuser.

Mad. ANGOT, *à François qu'on a désarmé et relâché.*

François ! ne t'emporte pas ; écoute-moi : laisse finir. On renaît des cendres. Le gouverneur est un honnête homme ; il m'a dit qu'il n'y avait rien à risquer. Laisse consumer le sacrifice ; va, la brûlure n'y fait rien : on en ressort comme un soleil. NICOLAS, *qui écoute.*

Ils ont peut-être un onguent pour ça ?

FRANÇOIS.

O les fourbes ! ô les coquins.

L'INITIÉ, *remettant François aux mains des gardes.*

C'en est assez ! séparez-vous. Hircan, Meréa, des flambeaux. LE BRAMINE, *avec force.*

Plus de retard ! où tu perds ta famille ! (*Hircan et Meréa allument le bûcher.*

Mad. ANGOT, *dévouée.*

Ma famille ! je serais cause de sa perdition ! ah ! plutôt mourir mille fois. Barbares ! allumez vos cottrêts ! (*Elle court et s'élance sur le bûcher, à côté du coffre funèbre.*) » Air expressif. François fait en vain violence. Nicolas » couvre son visage de ses mains. A peine Mad. Angot » est-elle montée, que Millissard, sortant du cercueil, » la retient, la prend, la porte, ou l'entraîne sur les » bords du théâtre, avec ces cris : «

E

Susanne! ô ma belle Susanne!

Millissard, s'empresse de la faire revenir.

Mad. A n g o t, *le fixe et jette un cri de joie.*

Millissard!

NICOLAS, *à François.*

Je disais ben qu'il n'était pas mort.

Mad. A n g o t.

Mon pauvre homme! c'est donc ben vrai qu'on rescussite dans ce pays? je t'estime beaucoup; je t'aime; mais il n'a qu'à t'arriver un autre accident, je te demande le divorce. MILLISSARD.

Il n'en est pas besoin.

LE BRAMINE.

Votre dévouement vous sépare. Demain, vous partez pour la France.

Mad. A n g o t.

Bien vrai?

LE BRAMINE.

Oui.

CORREZZI.

Vous allez recevoir les dons du gouverneur, digne prix de votre courage.

Mad. A n g o t.

Faites-moi donc venir Nanon, à présent.

LE BRAMINE, *faisant signe à François, qui part.*

A l'instant même vous vous ressouviendrez de l'Inde.

Mad. A n g o t.

Oh! sûr que je m'en souviendrai: velà ma dernière folie; que je sois une fois cheu nous; la Turquie et le Malabar ne me feront pas quitter la marée.

LE BRAMINE.

Que cet appareil disparaisse!

AIR : *De joie.*

» Le bûcher disparaît : des bancs de gazon, surmontés de
» fleurs, le remplacent. Allégresse universelle. Millis-
» sard y conduit madame Angot. Nicolas saute de joie.
» (*Ballet.*) On offre à madame Angot les présens des
» prétendus gouverneur et bramine. Elle accepte avec
» reconnaissance, et se trouve dans un ravissement
» inexprimable. »

SCENE X ET DERNIÈRE.

LES PRÉCÉDENS, FRANÇOIS.

» Nanon conduite par une femme richement vêtue, qui
» la remet dans les bras de sa mère; embrassemens; fêtes,
» continuation et fin du ballet. »

FIN.

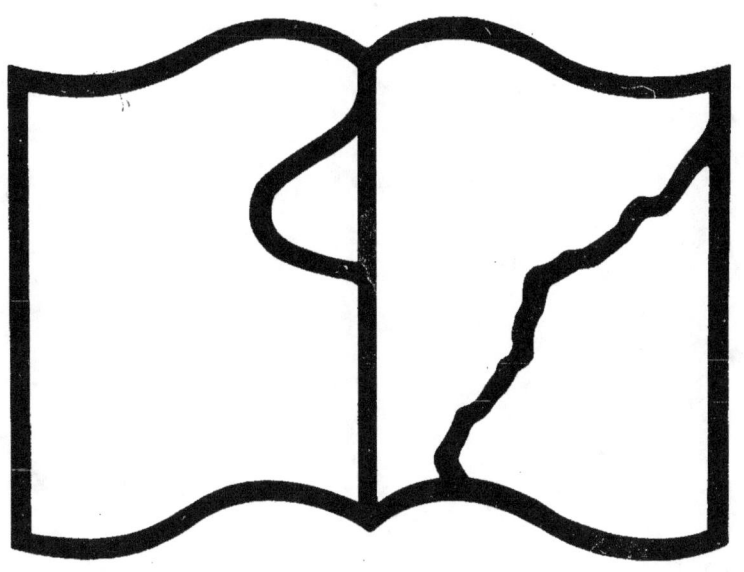

Texte détérioré — reliure défectueuse

NF Z 43-120-11

www.ingramcontent.com/pod-product-compliance
Lightning Source LLC
Chambersburg PA
CBHW061608180626
46818CB00005B/2005